LETTRES

COCHINCHINOISES

sur

LES HOMMES ET LES CHOSES DU JOUR

TRADUITES

PAR ALBÉRIC SECOND

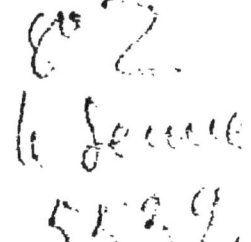

PARIS

CHEZ MARTINON, RUE DU COQ-SAINT-HONORÉ, 4

Et dans tous les dépôts de pittoresques.

—

1841

né à Martinet, à la
rédaction qu'il me fera
réclamer dans son
prochain numéro

Albéric Second

Imprimerie Lange Lévy, rue du Croissant, 16,

*** Il y avait à Paris un notaire, appelé maître Lehon, — lequel formait une véritable exception dans le corps des notaires.

Maître Lehon n'avait ni voitures, ni chevaux, ni train de maison, ni domestiques.

Il n'était point marié, — et n'avait point de maîtresse en ville.

Une femme de ménage, — sa portière, — lui faisait son lit trois fois par semaine et lui cirait quelquefois ses bottes.

Il déjeunait avec un peu de charcuterie et dînait au Palais-Royal, dans un restaurant à

32 sous. —Trois plats au choix, brouet noir à discrétion.

Enfin, maître Lehon n'avait jamais donné de bal costumé, avec travestissement turc *obligé*, —comme l'a fait récemment maître Outrebon, — un autre notaire.

Aussi maître Lehon était-il entouré d'une confiance unanime.

C'était à qui lui ferait accepter sa fortune.

—Maître Lehon, je vous en prie, j'ai là quelques centaines de mille francs, dont je suis très embarrassé, faites-moi l'amitié de me les prendre.

—Mon bon M. Lehon, — vous qu'on dit si obligeant pour le pauvre monde, —voici quarante mille francs que j'ai économisés depuis vingt ans sur mon existence de tous les jours... soyez donc assez aimable pour me les prendre !

Et ainsi des autres.

Et maître Lehon prenait, — prenait toujours. — Il était si obligeant, ce pauvre homme !

A qui donc se fier désormais?

Maître Lehon, — le Lehon que nous venons
de vous dire, — le Lehon sans femme, sans
domestiques, sans chevaux, sans maîtresses ;
— l'homme antique, — le gastronome à tren-
te-deux sous, — maître Lehon, en un mot, il
a manqué. — Et ce qui est plus triste, il manque de tout. — Le reste est pour ses créanciers.

Au nombre des victimes de maître Lehon,
figure un M. de la Chance, —malheureuse probablement.

Sans contredit, la faillite de maître Lehon
est un grand malheur — pour la morale d'a-
bord, — et puis pour tous ceux qui risquent

d'y perdre leur fortune. Et cependant, il y a une infinité de gens par qui cette même faillite sera considérée comme un événement très agréable.

Ces gens sont ceux qui, ayant beaucoup de dettes et peu d'argent, en sont réduits à payer leurs créanciers avec toutes sortes de mauvaises raisons.

Ces habiles exploitent à leur profit les moindres catastrophes. — A les entendre, ils sont de toutes les grêles et de tous les incendies. Le tremblement de terre de la Martinique leur a dévoré de magnifiques propriétés, d'un superbe rapport, lesquelles aujourd'hui ne sont plus rien qu'un monceau de décombres et de ruines. — L'inondation du Midi de la France les a mis à sec; — et, pour couronner l'œuvre, la faillitte Lehon leur a enlevé leur dernier sou.—Osez donc, après cela, vous montrer impitoyable envers des débiteurs si malheureux!

Combien de bottiers, de restaurateurs, de tapissiers et de tailleurs,—de tailleurs surtout,

—vont se trouver englobés, par contre-coup , dans la déconfiture de maître Lehon !

— M. le vicomte, je viens... j'ai l'honneur de venir... je viens pour régler... vous savez ?

— Quoi donc ?

— Les temps sont durs, M. le vicomte... le commerce va mal... Et si vous pouviez me donner un peu d'argent?...

— Que me parlez-vous d'argent , mon cher? Mais, moi aussi, je cherche de l'argent ! — Ah ! ça , vous ne savez donc rien de ce qui se passe à Paris ? Mais je suis ruiné; — tout ce qu'il y a de plus ruiné. Lehon avait toute ma confiance et toute ma fortune. — Repassez dans six mois , quand la liquidation sera faite.

Il faut encore ranger parmi les victimes fantastiques de maître Lehon :

1° Nombre de maris, — lesquels ont saisi, avec empressement , l'occasion de ne point

onner à leurs femmes la parure ou le cache-
mire promis depuis long-temps.

2º Nombre de gens, — lesquels vont par-
tout, criant qu'ils sont ruinés,— ce qui les dis-
pense d'ouvrir leurs salons et de donner à
dîner, — mais ce qui ne les empêche pas de
fréquenter assidûment tous les lieux où l'on
danse et tous ceux où l'on dîne.

Le Jockei's Club a beaucoup souffert de cette
bourrasque d'argent. — On cite cinq ou six
pauvres grands seigneurs, particulièrement
éclopés. Z. a été rencontré aux Champs-Ély-
sées, sans gants. — La maîtresse de K. annonce qu'elle ne paiera pas son terme. — Il
est question d'organiser une nouvelle ambas-
sade en Perse.

La ruine de maître Lehon s'est, à ce qu'on
assure, consommée dans cette caverne infâme
au fronton de laquelle on a écrit LA BOURSE,—
inscription qui ne sera complète que du jour
où l'on y aura ajouté ces trois mots : OU LA VIE !

,*, A Paris on n'est pas religieux. — On est superstitieux.

Une grande partie des personnes qui accomplissent le plus scrupuleusement les devoirs prescrits par la religion, n'agissent point ainsi pour être agréables à Dieu, mais bien pour n'être pas désagréables au Diable, — qu'on représente toujours avec une queue et des cornes menaçantes.

On ne fréquente, d'ailleurs, les églises qu'autant qu'on est sûr d'y trouver toutes ses aises, siéges mollement rembourrés, demi-jour voluptueux, tapis moelleux, parfums odorans, musique enivrante, et le reste. — Le curé de Notre-Dame-de-Lorette a poussé la précaution jusqu'à faire placer, à la porte de son église,— tout proche du bénitier, — une glace, afin que les dames — qui l'honorent de leur présence — puissent réparer, avant d'entrer, le désordre de leur toilette.

Nous avons remarqué, dans les églises, une foule de jeunes femmes en deuil. Nous pen-

sions qu'elles venaient uniquement pour pleurer aux pieds des autels la perte d'un époux
adoré. — Nous étions à cent lieues de la vérité.
— En France, l'usage veut que les premiers
temps du veuvage se passent dans une retraite
absolue, loin des bals, des promenades et des
théâtres. — Et ces dames viennent se montrer
à l'église, faute de pouvoir se montrer ailleurs.

Mais revenons aux tendances superstitieuses que nous avons signalées tout à l'heure.

Un enfant tombe malade. — Sa mère craint
pour ses jours ; elle assemble des médecins,
elle allume des cierges, elle fait dire des mes-
ses ; — la maladie va toujours croissant.

La pauvre mère est désespérée. Pour rache-
ter la vie de son enfant, elle donnerait sa fortune, sa vie même.

Au plus fort du danger, elle perd la tête et
s'écrie : « Seigneur, rendez-moi mon fils, et je

le voue au blanc jusqu'à sa huitième année !»

Une crise favorable s'opère. — L'enfant est sauvé, et la mère demeure persuadée que l'existence de son fils est attachée au strict accomplissement de son vœu.

Durant huit années, l'enfant est donc vêtu de blanc de la tête aux pieds : pantalon blanc, veste blanche, cravate blanche, souliers blancs et chapeau blanc.

Il n'y a qu'un tout petit inconvénient : grace à la température parisienne, et aussi aux habitudes de l'enfance, la couleur primitive du costume ne tarde pas à disparaître sous une couche épaisse de crasse et de boue.

APHORISME.

Nous ne savons rien au monde de plus malpropre que l'aspect d'un enfant voué au blanc.

*** Dans un précédent volume, nous avons

parlé de la Comédie-Française, et nous n'avons rien dit du commissaire royal qui préside aux destinées de ce théâtre. C'est un oubli. Nous nous hâtons de le réparer.

Entre autres gagistes, la Comédie-Française compte un souffleur, des allumeurs de quinquets, des ouvreuses, des machinistes et un commissaire royal. — Les fonctions de ce dernier employé ne sont pas des plus faciles à définir. — Une ouvreuse ouvre; un allumeur allume; un souffleur souffle, et un machiniste machine : c'est simple comme Bonjour (Casimir).

Quant au commissaire royal, c'est autre chose. Quel est son but, son utilité? Sa destination, quelle est-elle? — Pourquoi est-il commissaire? et pourquoi étant commissaire est-il commissaire royal?

Est-il chargé de recevoir les pièces? — Non, car il y a un comité spécial.

Est-il chargé de les mettre à l'étude? — Non, car il y a un metteur en scène.

Serait-il, d'aventure, chargé de les trans-
crire, de faire les fonctions de copiste? —Non,
car il n'est pas certain qu'il sache l'ortho-
graphe.—Il est même avéré qu'il ne la sait pas
du tout.

Dans l'antiquité, — il y a cinq ans, — les comédiens ordinaires du roi vivaient en puis-
sance de directeur. Ils avaient juré fidélité à
la charte constitutionnelle de M. Jouslin de la
Salle. — Peu après, ils l'accusèrent de tyran-
nie et secouèrent son joug trop pesant. Alors
vint M. Védel. Celui-là n'était certes point
fait pour inspirer des craintes à personne;
c'était une manière de bon roi d'Yvetot, se le-
vant tard, se couchant tôt, dormant fort bien,
— surtout les jours de tragédie.

Deux ans ne s'étaient pas écoulés, et déjà
M. Védel était contraint d'abdiquer à son tour.
Les comédiens demandaient que sa tête tom-
bât; — mais il ne tomba que plusieurs pièces.

Ce fut dans ces circonstances graves qu'on
inventa le commissaire royal.

Il fallait un homme de paille, un gérant res-
ponsable, une cinquième roue au carosse,
quelque chose de peu gênant et de point du
tout incommode; — ne soufflant jamais un
mot plus haut que l'autre; ayant des yeux
pour ne pas voir, des oreilles pour ne pas entendre, une bouche pour se taire; — voulant
tout ce qu'on veut, approuvant tout ce qu'on
approuve, et signant tout les yeux fermés. —
C'est pourquoi M. Buloz fut nommé à l'unanimité.

Telles sont les fonctions importantes que
M. Buloz remplit depuis tantôt trois ans avec
un zèle et une intelligence qu'on ne saurait
trop louer. — On rend des hommages publics
à Jacquard; on devrait porter en triomphe celui qui a découvert M. Buloz, car c'est une
machine bien autrement remarquable, — quoique moins utile, — que celles de Jacquard.

Généreuse comme une grande dame, la Comédie-Française allouait à son commissaire
un traitement de six mille francs. Mais aujour-
d'hui qu'elle a vu l'homme à la besogne, à pré-

sent qu'elle a eu le temps de se convaincre de son entière nullité, elle a trouvé que cinq cents francs par mois ce n'était pas payé.

En conséquence, le traitement de M. Buloz, commissaire royal, vient d'être porté à douze mille francs par an.

Les muets du sérail, — qui sont les Buloz de l'Orient, — gagnent beaucoup moins et travaillent beaucoup plus.

.*. M. Cousin, grand officier de la légion d'Honneur, ancien ministre, pair de France, membre du conseil de l'instruction publique, etc., etc., etc. — M. Cousin est par dessus tout un profond philosophe.

M. Cousin s'est convaincu, par la lecture des bons auteurs, que la fortune est féconde en revers inattendus, — et que rien n'est fragile comme les prospérités de ce bas monde.

C'est pourquoi M. Cousin exploite le plus

qu'il peut sa position. Il fait des économies, en
songeant à l'avenir. — Semblable à la fourmi,
il entasse pour les mauvais jours.

En sa qualité de ministre de l'instruction
publique, **M.** Cousin a été en butte pendant
quinze mois à une véritable avalanche de livres de toute espèce et de tous les genres. Il
n'est pas un auteur, du plus grand jusqu'au
plus petit, — qui ne se soit empressé d'adresser au ministre son œuvre, ornée d'une superbe dédicace manuscrite : *A M. Cousin,
hommage de l'auteur. — Hommage de l'auteur à M. Cousin*, etc., etc., etc.

Un jour de la semaine dernière, M. Cousin,
pair de France et grand officier de la Légion-
d'Honneur, a fait appeler chez lui un libraire,
bien connu des journalistes parisiens, — lequel achète, à très vil prix, à ces messieurs,
les ouvrages dont ils ont rendu compte dans
leurs feuilletons respectifs.

Ce commerce, d'une honnêteté équivoque,
s'appelle *lavage.* — On dit *laver un livre.*

— Monsieur, a dit l'ancien ministre au libraire, j'ai là quelques ouvrages dont je serais bien aise de me défaire. — Quels sont vos prix ?

— Trente sols le volume de prose ; quinze sols le volume de vers..... la poésie est bien avariée !

— C'est bien peu.

— C'est sur ce pied pourtant que je traite avec ces messieurs des journaux.

— Je vous ferai observer, a repris le pair de France, que les ouvrages que vous tenez des journaux sont, pour la plupart, maculés, froissés, tachés. — Les miens, au contraire, n'ont pas été seulement coupés. — Rien ne vous empêchera de les revendre comme entièrement neufs.

— Pardonnez-moi..... il me faudra toujours lacérer la première page, — à cause de votre nom et de la signature de l'auteur.

14

— Enlever mon nom ! a interrompu avec colère le grand officier de la Légion-d'Honneur; faire disparaître la signature de l'auteur ! Mais vous n'y pensez pas ? C'est précisément là ce qui donne quelque valeur à cette insignifiante collection !

Vaincu par cet argument, le libraire a doublé ses offres, et l'affaire n'a pas tardé à s'arranger.

On rapporte que le soir, en se couchant, M. Cousin s'est écrié :

— « Je n'ai pas perdu ma journée ! »

Nota. La collection tout entière est visible sur les quais.

*** On parlait de faire débuter, à l'Opéra, Mlle Loëve, — une chanteuse allemande qui a une belle voix.

—Pourquoi l'engagerait-on ? a dit Mme Stoltz. — J'ai trois ans de moins qu'elle et deux dents de plus.

.*. Voici l'une des meilleures plaisanteries qui soient écloses depuis long-temps dans la cervelle du peuple français, — ce peuple le plus spiri... etc., etc., etc., etc.

M. Théleur est un honnête professeur de danse, arrivé tout récemment d'Angleterre, — où il a gagné une quinzaine de mille livres de rentes à démontrer la pirouette et à enseigner l'entrechat.

M. Théleur est venu se fixer en France, — car si Londres est le seul endroit où l'on sache faire sa fortune, Paris est la seule ville où l'on sache la manger.

Malgré ses quarante-cinq ans et son torse reprochable, M. Théleur est fou de son art. — Il ne donne plus de leçons, parce que, grace au ciel, il est au dessus de cela. Mais il s'occupe toujours de chorégraphie. — A force d'enseigner les autres , M. Théleur s'est persuadé qu'il devait être un grand danseur. — Il est donc allé trouver M. Léon Pillet, lui demandant de l'engager à la place de Mazillier, — qui commence à avoir beaucoup de ventre pour l'emploi des zéphyrs.

Voyant à quel homme il avait affaire, et prévoyant quelque bonne mystification, M. Léon Pillet répondit à M. Théleur :

— Monsieur, il y a long-temps que je vous connais. Je sais de quoi vous êtes capable. Je suis sûr que votre présence à l'Opéra ressusciterait le ballet qui se meurt ; mais il m'est impossible de vous engager. Mazillier, Petitpas, Mabille, tous mes danseurs, ne me le pardonneraient pas. — Attendons un moment plus opportun. — Néanmoins, je vous accorde vos entrées dans mes coulisses, — trop heureux si vous daignez souvent vous y montrer.

Depuis ce jour, M. Théleur fréquente assidûment les coulisses de l'Opéra.—Au théâtre,
tout le monde a le mot d'ordre. — A peine
paraît-il, que chacun se découvre ; — voici
Théleur ! — c'est Théleur ! — notre grand
Théleur ! — vive Théleur ! — on se presse, on
l'entoure ; on lui demande ses conseils, on
implore ses avis. — Les maîtres du ballet le
consultent, — M. de Boignes lui prend la
main ; — M. de Saint-Georges l'appelle « mon
ami. » — Les rats se disputent l'honneur de
porter sa canne et de ramasser son chapeau.

D'abord M. Théleur a été abasourdi ; peu à
peu il s'est fait à ces hommages. — A présent
il est convaincu de son mérite, et il se croit le
premier danseur des deux hémisphères.—Rien
n'égale sa présomption, si ce n'est son aveugle
crédulité.

A la suite d'une représentation à l'Opéra,
on imagine d'aller souper tous ensemble, —
un souper fin avec forces truffes, primeurs de
la saison, et vin de Champagne à indiscrétion.
Arrive le quart d'heure de Rabelais ; on apporte

la carte : un convive l'arrache des mains du garçon :

— Diable ! fait-il ; c'était bon, mais c'est cher.

— Combien est-ce ? demande M. Théleur, en tirant sa bourse.

— Cent trente-cinq francs par tête.

M. Théleur donne les cent trente-cinq francs, et la consommation générale se trouve payée.

Le plaisant de l'histoire, c'est que cinq ou six journaux se sont mis de la partie. — On a fait des biographies de Théleur ; — on lui a adressé des vers ; — on l'a célébré sur tous les tons ; — si bien qu'un correspondant dramatique lui a offert un engagement de premier danseur pour le théâtre royal de Saint-Pétersbourg. — Mais Théleur a refusé ; Théleur appartient à la France.—Théleur, lui a-t-on dit un jour, puisque la scène de l'Opéra vous est interdite, grace à d'ignobles coteries et à de mesquines jalousies, il vous faut donner sur un autre théâtre un échantillon de votre beau talent.

Une représentation a été bien vite organisée au petit théâtre des Folies-Dramatiques, et Théleur y a dansé un ballet de sa composition, — vêtu d'une tunique de gaze, le front ceint d'une couronne de roses — pompon.

Au dénoûment de l'ouvrage, Théleur devait traverser la scène dans un char triomphal, traîné par deux tigres.

— Où diable prendrai-je mes deux tigres ? demandait Théleur à une répétition.

— Au Jardin des Plantes, lui répondit-on.

— Croyez-vous que l'on consente à me les prêter ?

— Le gouvernement n'a rien à refuser à un artiste de votre force.

— C'est juste.

Théleur se rendit au Jardin des Plantes, — et fut très surpris qu'on n'accédât pas à sa demande. — Il en a été reduit à se faire traîner par deux figurans que l'on revêtit de peaux d'ours.

Tout l'Opéra assistait à cette solennité, en loges découvertes. — A la chute du rideau, Théleur a été rappelé, applaudi à trois reprises, et enterré sous une avalanche de fleurs. — Pauline Leroux lui a jeté son bouquet; Nathalie Fitz-James a détaché la guirlande de son chapeau ; Adèle Dumilâtre lui a envoyé des baisers; Maria et Blangy ont déchiré leurs gants à force de claquer. Pendant ce temps-là, Petitpas et Mabille versaient des larmes de dépit, dans un coin.

A la sortie du spectacle, on l'a ramené

jusque dans son domicile, — où une sérénade lui a été donnée durant une partie de la nuit.

Il y a quelques jours, on a dit à Théleur :

— Vous ne savez pas, mon cher, — le roi a entendu parler de vous, et il veut absolument vous voir danser. La représentation aura lieu à la salle Chantereine. Mais, comme sa majesté qui ne va pas aux grands théâtres, ne peut pas se montrer dans un petit, elle se tiendra, — ainsi que toute la cour, — dans les couloirs, — regardant à travers les lucarnes des loges, et par diverses fentes pratiquées aux cloisons. — Il n'y aura personne dans la salle, mais jamais danseur n'aura été vu par un plus magnifique auditoire — invisible. — Apprêtez-vous.

Théleur s'apprête.

*** On lisait dans la *Revue de Paris* du 21 mars :

« M. Inchindi débutait vendredi dernier à
» l'Opéra, par le rôle du cardinal dans *la Juive.*
» Il apporte à l'Académie royale de musique,
» les qualités et les défauts par lesquels il se
» faisait remarquer, il y a tantôt dix ans, à
» l'Opéra-Comique.

» C'est toujours le même chanteur, assez
» correct, mais froid et sans élan, la même
» voix flexible, si l'on veut, mais terne, molle
» et dépourvue de toute espèce de vibration
» et de caractère. »

Quel dommage pourtant que M. Inchindi
n'ait jamais débuté à l'Opéra !

Ce même vendredi — dont parle la *Revue
de Paris,* — M. Inchindi ayant été subitement
indisposé, le rôle du cardinal a été chanté par
M. Alizard. — Depuis, M. Inchindi a rompu
avec M. Léon Pillet.

Notre interprète, — à qui nous parlions de
cette singulière aberration du journaliste, nous
a dit :

— Comme Vertot, le rédacteur avait fait son siége d'avance.

.*. Les directeurs de théâtres qui devraient être des hommes intelligens et instruits, n'ont souvent ni intelligence, ni instruction , — en revanche ils ont la plupart du temps, des maîtresses, — lesquelles dirigent en chef et sans partage.

En langage de coulisses, ces dames s'appellent des *Égéries*.

L'Égérie est toute puissante dans *son* théâtre. — Elle assiste aux lectures. — Elle surveille les répétitions.—Elle rédige les affiches. — Elle donne des audiences. — C'est une autocratie qui domine tout, qui pèse sur tout. — Elle règne sur toute la ligne.

Il y a quelques mois, l'Égérie de l'Ambigu-Comique était une actrice maigre et spirituelle, nommée Mlle Valois, très redoutée de ses camarades et des auteurs, à qui elle n'épargnait ni les railleries, ni les épigrammes, ni les méchans tours.

En ce temps-là, on jouait à l'Ambigu un mélodramme de M. Paul Foucher, qui, — pour être excessivement myope, — n'en voit pas moins bien ses intérêts.

Vers la dixième représentation, la pièce fut subitement arrêtée. — Aussitôt M. Foucher accourt à l'Ambigu, et rencontrant le directeur :

— Monsieur, dit-il, je serais bien aise de savoir pourquoi ma pièce est suspendue ? — c'est probablement parce que je n'ai pas donné le rôle à Mlle Valois ?

— Mais, monsieur, interrompt le directeur, je vous assure.....

— Pourquoi ne pas l'avouer ? reprend le poète qui s'échauffe; la branche des Valois a toujours été fatale à la France..... il n'est pas surprenant qu'elle le soit à Paul Foucher.

— Qu'appelez - vous *branche de Valois?* s'écrie le directeur en courroux. Apprenez que Mlle Valois n'est point une branche..... Je parie même qu'elle est moins maigre que votre maîtresse.

Voilà un échantillon des capacités à qui sont confiées les destinées de l'art en France.

*** La Chambre des Pairs a voté le projet de loi des fortifications de Paris. — A cette occasion on a prononcé quarante-un discours, — assaisonnés d'un grand nombre de solécismes, — où sont intervenus à tout propos, — et hors de propos,—Vauban, Jeanne d'Arc, Condé, Alexandre-le-Grand, Turenne, Pompée, César, Napoléon, M. Soult et Gengis-Kan.

De cette discussion, il résulte clairement que l'empereur Napoléon n'a jamais eu la moindre stabilité dans sa manière de voir et dans sa façon de penser. Ce capitaine, dénué de toute stabilité dans les idées, aurait passé une moitié de sa vie, — s'il faut en croire les pairs de France, — à approuver le projet de fortifier Paris, et l'autre moitié à le désapprouver.

1ᶜʳ ORATEUR (*à la tribune*). Comme l'a dit Napoléon, bon juge dans la matière, Paris ne peut exister sans enceinte continue et sans forts détachés.

2ᵉ ORATEUR (*à la tribune*). Personne ne récusera l'opinion de l'Empereur. Eh bien ! l'Empereur n'a pas caché que la fortification de Paris est un acte aussi dangereux qu'impolitique.

3ᵉ ORATEUR (*de sa place*). J'ai lu dans le premier volume du *Mémorial de Sainte-Hélène* que l'Empereur a toujours regretté de ne point avoir fortifié Paris.—Est-ce assez clair ?

4ᵉ ORATEUR (*de sa place*). Le deuxième volume du *Mémorial de Sainte-Hélène* nous apprend que Napoléon repoussa toujours l'idée de faire une place forte de la capitale de la France. — Est-ce assez concluant?

Les fortificationistes ont fini par l'emporter. —La capitale du monde civilisé ne sera plus à l'avenir qu'une place de guerre, —avec tous les agrémens obligés : crénaux, bastions, remparts, murs de sûreté, ponts-levis, canons, fossés ; — et, par dessus tout cela, soldats de tout grade et de toutes armes qui vont affluer de toute part et rendront les Parisiens prisonniers dans leur propre ville.

Ah ! ça... la France est donc la reine des nations, elle n'a donc plus rien à désirer sous le rapport moral comme sous le rapport matériel, que ses gouvernans gaspillent de la sorte des centaines de millions?—Il n'y a donc plus, —dans ce pays de cocagne, — ni routes à percer, ni canaux à creuser, ni monumens à élever, ni bateaux à vapeur à construire, ni chemins de fer à tracer?

O Parisiens ! vous venez d'assister tranquillement au prologue d'une farce tragique dont

votre ruine formera le dénoûment.— Un siècle
encore , et Tours sera la capitale de la France.

*** Pendant ce temps-là , à quoi s'occu-
paient messieurs les députés ?

Les trois quarts de ces messieurs s'étaient
installés au Luxembourg, où ils assistaient à
la discussion du projet de loi en question. —
Le quatrième quart, — n'ayant rien de mieux
à faire,— s'occupait, tout doucement, en fa-
mille, de savoir jusqu'à quel point la propriété
littéraire est une propriété.

Me Chaix-d'Est-Ange , avocat, s'est élevé
à une grande hauteur dans cette discussion.
—Il a prouvé, clair comme de l'eau du puits
de Grenelle , que la littérature n'est jamais
plus florissante qu'aux époques où les gens de
lettres sont les plus misérables.

Dans un grenier, qu'on est bien à vingt ans !

La chambre, entraînée par cet argument
inattendu, s'est empressée de déclarer, par

son vote, que la propriété littéraire n'est point une propriété.

Ah! littérature, ma mie; ah! tu avais la folle prétention de figurer, comme une autre, au grand banquet social! Ah! tu voulais t'y asseoir, comme fait un cordonnier enrichi ou un ex-fabricant de bretelles! Ah! tu pensais que la propriété d'une idée vaut bien la propriété d'un champ! Ah! tu t'imaginais ces choses-là et beaucoup d'autres encore;— mais la chambre t'a joliment remise à ta place, ma fille. — Faut-il donc te le répéter :

La propriété littéraire n'est point une propriété.

Attrape !

*** M. Thiers,— qui n'est ni un homme de guerre ni un homme de finances, — a souvent pris la parole dans la discussion du budget et dans la discussion du projet des fortifications.

En revanche, M. Thiers,— qui est un hom-

me de lettres et qui doit tout à la littérature,—
n'a pas trouvé un mot à dire dans la discussion
du projet de loi sur la propriété littéraire.

*** La quatrième page des grands journaux
contient, depuis trois mois, l'annonce sui-
vante :

INSTRUCTION POUR AVOIR

DES ENFANS SAINS

D'ESPRIT ET DE CORPS, ET AUSSI PARFAITS QU'ON

PEUT L'ÊTRE,

Brochure, par M. Chéneau fils,

NÉGOCIANT.

Il nous semble qu'en voyant cette annonce,
M. Chéneau père doit regretter beaucoup de
n'avoir pas pu lire,—avant de se marier,— la
brochure de M. Chéneau fils.

*** Les médecins se divisent en deux écoles diamétralement opposées.

Les uns passent leur temps à démontrer l'existence de choses qui n'existent pas. — La vie des autres s'écoule à nier l'existence de choses qui existent parfaitement.

La première de ces écoles s'est grossie récemment de deux nouveaux adeptes : le docteur Wiesecké et le docteur Chouippe.

Le docteur Wiesecké a trouvé un moyen infaillible de rendre la vue aux aveugles; c'est de leur faire avaler trois douzaines de perles fines. — Seulement comme ce remède coûte excessivement cher, il ne s'est pas rencontré

d'aveugle qui ait encore pu se l'administrer.—
Le docteur Wiesecké n'en reste pas moins persuadé de l'efficacité de ses perles.

Les lauriers du docteur Wiesecké empê-
chaient le docteur Chouippe de dormir.

Le docteur Chouippe maigrissait à vue d'œil;
il ne faisait plus qu'un repas toutes les qua-
rante-huit heures. — Sa tète se dégarnissait
comme une vieille brosse à cirage; ses joues
se creusaient; ses mollets n'étaient plus
qu'une chimère; son abdomen fuyait comme
une ombre.

Le docteur Chouippe évitait soigneusement
la présence de ses semblables. Il recherchait
de préférence les lieux déserts et inhabités :
les jours de pluie, il s'allait promener dans les
carrières Montmartre. — On était sûr de le
rencontrer au Gymnase, aux représentations
du couple Volnys.

« O docteur Wiesecké, s'écriait-il par intervalle, ta gloire me jugule, ta réputation me poignarde, tes réclames m'assassinent. — N'y a-t-il donc pas moyen de faire oublier ton traitement des aveugles ? de dresser annonce contre annonce, autel contre autel, de passer la jambe à ta gloire ? »

Mais le docteur Chouippe avait beau s'escrimer, son imagination restait plus vide qu'une poche d'actionnaire. — L'inspiration le fuyait, comme s'il se fût appelé Empis, le dramaturge, ou Vigier, le député.

Durant six semaines, le docteur Chouippe disparut de son domicile ; ses amis le cherchèrent de tous les côtés, à la Morgue, dans les filets de Saint-Cloud, et même aux séances de l'Académie française.

Désespérés, les amis du docteur Chouippe allaient le faire afficher entre les portefeuilles égarés et les caniches perdus, lorsque le docteur reparut tout-à-coup à l'improviste, sans crier gare. Ce n'était plus le même homme. Il était dodu et florissant à la façon de Jules Janin et du restaurateur Lemardelay.

C'est que, pendant son absence, le docteur Chouippe a eu une idée, — une idée gigantesque ! et dès-lors, la santé, l'embompoint, le mollet et l'abdomen sont revenus en foule. — C'est qu'il a réalisé son rêve ! *La bougie médicinale* est allumée, et le docteur Wiesecké est flambé.

Or ça, connaissez-vous la bougie médicinale du docteur Chouippe ; bougie qui n'est pas la bougie de l'étoile et qui brillera plus qu'une étoile ? — Bougie qui est un phénix, sans être pourtant la bougie du phénix.

Une supposition :

Vous êtes poitrinaire ; vous vous nourrissez de blancs de volailles et de lectures sombres ; vous apprenez par cœur *la Chute des Feuilles* de Millevoye, et vous buvez de la tisane. — Votre médecin, qui voit que vous allez filer, vous ordonne un voyage, et vous devez partir demain pour Hyères.

Le hasard fait passer le docteur Chouippe dans votre rue ; il apprend qu'à tel numéro, à tel étage, languit un jeune poitrinaire de la plus belle espérance. Il monte chez vous, et vous demande si vous tenez à la vie.

—Comme un chicot, répliquez-vous d'une voix mourante.

—Eh bien ! reste dedans, s'écrie le docteur Chouippe d'un ton inspiré.

Tant de confiance vous gagne ; vous congédiez le médecin numéro 1, et vous vous abandonnez corps et ame au sauveur numéro 2.

Que fait alors le docteur Chouippe ? — Il tire de ses poches plusieurs paquets de bougies ; il se fait apporter un grand nombre de flambeaux, place les unes dans les autres et procède, en peu d'instans, à une complète illumination.— Trois mois après, vous êtes guéri, et vous n'y avez vu que du feu.

Le docteur Chouippe s'est fait le raisonnement suivant, lequel n'est pas moins juste que la voix de certains ténors :

« Les bougies, en se consumant, répandent une fumée que nous absorbons par les organes respiratoires. Donc, si j'emploie, pour la fabrication de mes bougies, au lieu de cire et de suif, des substances médicales, j'arriverai nécessairement à guérir mes malades par le nez. — Quel pied de nez pour mes confrères ! »

Aussitôt dit, aussitôt fait ; et voilà pourquoi les bougies médicinales du docteur Chouippe ont vu le jour. — C'est clair.

On conçoit, par exemple, que la composition desdites bougies change suivant la nature de la maladie. — S'il s'agit d'un poitrinaire, ainsi que nous l'avons supposé, il entrera dans leur fabrication quelques beeftecks, un gigot de mouton et deux ou trois bonnes bouteilles de vieux bordeaux, — toutes choses réconfortantes que le malade n'aurait pas pu digérer, et qui, à l'état de fumée, ne lui chargent aucunement l'estomac.

L'invention du docteur Chouippe est appelée à révolutionner la science et surtout la pharmacie. — En effet, si tous les médicamens se prennent par le nez, on se demande avec angoisses ce que deviendront les fabricans de clyso-pompes ?

Les disciples du docteur Chouippe ont reçu le nom de *chouippeurs*, — par corruption, chippeurs.

*** Une découverte encore plus récente que celle du docteur Chouippe, c'est la découverte du chirurgien Baudens, l'ennemi juré du strabisme.

Le chirurgien Baudens a déjà fait tant de cures, que les sujets commencent à devenir d'une rareté désespérante. Pour échapper à cet embarras, on fait du courtage ; il y a des commis-voyageurs en strabisme sur la place de Paris. — Tout récemment, un de ces courtiers voyageait en cabriolet pour affaires, lorsque regardant son conducteur, il avisa dans ses globes occulaires un défaut de parallélisme très prononcé. — Il lui parla aussitôt de son infirmité, de la guérison si facile à obtenir depuis la nouvelle découverte, fit marché avec lui pour vingt-cinq francs. — Tel est le prix que M. Baudens met à ses opérations miraculeuses, — et se dirigea bien vite, — sans même terminer sa course, — vers le logis du chirurgien qui opéra le conducteur, séance tenante, — et lui remplit ses poches d'adresses imprimées que l'automédon distribue aujourd'hui à tous les *sujets* valides ou invalides qui montent dans sa voiture.

Un employé du ministère des finances, affecté de strabisme, et sourd par dessus le marché, a été conduit chez M. Baudens. — M. Baudens l'a opéré.

O prodige ! l'employé louche plus que jamais. — En revanche, il a recouvré l'usage de ses oreilles.

Tout le monde s'occupant de strabisme actuellement, il devient très dangereux de se confier au premier bistouri venu. — On nous a cité des personnes louches et qui n'y voient plus du tout.

*** Le dernier élu à l'Académie française est M. Ancelot (Polycarpe), auteur tragique, comique et propriétaire, — inventeur de la poudre,—appliquée au théâtre du Vaudeville. M. Ancelot est plus spirituel, à lui tout seul, que les trente-neuf autres académiciens, — du moins à ce que l'on assure, et lui aussi.

— Vous voilà donc de l'Académie ! lui disait un de ses rares amis. Recevez mon sincère compliment. Cette position honorable, — passez-moi le mot, — vous était bien due !

— Enfin, j'y suis arrivé !.... répondit le récent immortel en se barbouillant le nez de ta-

bac d'Espagne, et j'en suis d'autant plus satis-
fait, que **M.** Bayard ne pourra plus m'appeler
son *cher collègue.*

Et comme ce même ami lui faisait observer
que dans sa nouvelle position il aurait à s'abste-
nir d'un tas de petits vaudevilles peu dignes
d'un académicien :

— Je suis marié, répliqua le poète. **M**mc Ancelot vous consolera.

Le Tyran de Café, rapsodie d'assez mauvais
goût, — même au théâtre du Palais-Royal, —
est une œuvre posthume de **M.** Ancelot, à laquelle il n'a pas eu le courage d'attacher son
nom. — **M.** Desforges, qui n'est pas encore
académicien, en a endossé bravement la res-
ponsabilité.

Honneur au courage malheureux !

*** Au bal donné par **M.** Duprez, premier
chanteur de l'Académie royale de Musique, le
travestissement était de rigueur.

Les honneurs de la soirée ont été pour M. Alizard, travesti en jeune mariée, — robe blanche, voile blanc et couronne de fleurs d'orangers. — M. Alizard donnait le bras à M. Wartel, déguisé en gendarme.

M. Léon Pillet a dansé toutes les contredanses avec Mme Stoltz, — à l'exception d'une seule, dansée avec Mlle Nau ; — on n'a point fait de musique.

.*. Le bal donné par M. Troyon, peintre de paysages, a commencé un dimanche soir, à dix heures, et s'est prolongé jusqu'au mercredi suivant, à midi.

Les rafraîchissemens se composaient de six barriques de vin et de deux barriques d'eau-de-vie, — placées dans un coin de l'atelier, et où chacun allait se désaltérer à son tour.

.*. Mais de tous les bals de la saison, le plus remarquable, sans contredit, est celui qui a eu lieu chez un avoué de Paris, M. C...

Voici le programme de cette soirée, tel qu'il a été envoyé à trois ou quatre cents personnes. Nous le publions TEXTUELLEMENT, — dût le notaire Outrebon en mourir de jalousie !

Monsieur et Madame G...., Monsieur et Madame C.... ont l'honneur de vous adresser le programme de haute prévoyance qui a été arrêté pour le maintien de l'ordre et de bonnes mœurs dans la grrrrrande soirée costumée.

Les VOITURES et chaises à porteur devront arriver par l'une des extrémités de la rue J.-J. Rousseau, et prendre immédiatement la FUITE de l'autre côté, sans aller aux BOUTS pour éviter la crotte.

Personne ne sera reçu sans être COSTUMÉ. — La plus grande latitude est laissée sur le choix des costumes. — Ceux **D'ADAM ET D'ÈVE** sont seuls prohibés.

Il est indispensable, pour être admis, d'avoir été INVITÉ. — Comme les invitations sont individuelles, les personnes devront se pré=

senter elles-mêmes. — Autrement elles n'entreraient pas.

On devra laisser en dehors les airs BOUDEURS, les figures MAUSSADES, ainsi que les sabots, cannes et parapluies. — Il n'y aura donc dans les salons que des visages rians, des corps beaux et des esprits bien faits.

A la porte les **DAMES** ne **RECEVRONT** pas de **BOUQUETS.** —Les maris pourraient trouver mauvais qu'on leur ôtât l'occasion d'être galans.

On ne se fâchera de RIEN. — On rira de TOUT. — Ces deux prescriptions sont de rigueur comme le costume.

Chaque individu COSTUMÉ recevra, en entrant, un numéro pour un **GRRRRRRARANDISSIME TOMBOLA**, donc il y aura des numéros pour tout le monde.

Il est expressément défendu de fumer CI=

GARES, PIPES OU CIGARETTES. — On espère que personne ne sera assez CONTRARIANT ou CONTRARIÉ pour trouver une autre manière de FUMER.

On écartera tous les amusemens ennuyeux. — Il n'y aura ni QUATUOR ni QUINTETTE.

Les **CANCAN** et **CACHUCHA** seront dansés avec toute la DÉCENCE qui caractérise ces sortes de divertissemens.

Pendant toute la soirée, on devra observer le plus PROFOND SILENCE. . . . au wisth.

Le TOMBOLA sera tiré **PASSÉ MINUIT.** — Tous les NUMÉROS ne GAGNERONT pas.

On ne délivrera pas de contremarques. — Une fois entré, on ne pourra plus s'en aller.

Conformément aux prescriptions d'un CÉLÈBRE DOCTEUR, et dans l'intérêt des estomacs de tous les invités, **A TROIS HEURES** précises **IL n'Y AURA** pas de **GRAND SOU-PER**. Toutefois les précautions seront prises pour que personne ne meure d'inanition ni du mal contraire.—Il ne sera permis de mourir que de rire.

L'ORCHESTRE, composé de moins de **500 ARTISTES**, dont 500 costumes, sera conduit par un célèbre piston de la capitale.

Comme on ne se séparera qu'AU JOUR, les voitures, s'il y en a, ne seront pas tenues d'avoir leurs LANTERNES ALLUMÉES.

Elles suivront au départ le même ordre que pour l'arrivée.

Nous éprouvons le besoin de répéter à nos lecteurs que nous n'avons pas changé une syllabe à ce programme.

La prose qu'on vient de lire est bien réellement celle de monsieur et madame G..., de monsieur et de madame C..., avoué.

16

.*. Et puisque nous voici au chapitre des exhibitions , nous allons donner le *fac-simile* d'une carte de visite de M. Mollevaut , membre de l'Institut, —telle qu'elle a été trouvée à la glace d'une personne de sa connaissance.

	Traductions en prose:	
	VIRGILE. SALLUSTE. TACITE.	
Traductions en vers. — Virgile. Catulle. Tibulle. Ovide. Horace. Anacréon.	**MOLLEVAUT,** Membre de l'Institut.	Ouvrages de sa composition· — Elégies. Les Fleurs. Fables. Poésies diverses. Chants sacrés. Pensées en vers.
	Rue St-Dominique , 99 , *Faub. St-Germain.*	

Pourquoi M. Mollevaut n'a-t-il pas ajouté les mots sacramentels : « ET VA-T-EN-VILLE. »

⁎⁎⁎ Lorsque Paris n'était point encore fortifié ; — lorsque c'était tout simplement une
ville pleine de charmes et de délices, on s'y
donnait rendez-vous des quatre parties du
monde. — C'était un charmant pélérinage que
chacun accomplissait avant de mourir. A cette
époque, Paris c'était la Mecque du plaisir. —
Tous ceux que la révolution mettait à la porte
de chez eux, les peuples comme les rois, accou-
raient en foule, demandant à Paris des conso-
lations contre les douleurs de l'exil.

Par ces temps de fréquentes révolutions,
Paris était surtout encombré de princes. L'altesse déchue s'y montrait sous toutes les for-
mes, tantôt prodigue et dépensière comme
aux beaux jours de sa splendeur, tantôt fru-

gale et économe autant qu'un étudiant de première année.

Au nombre de ces dernières se trouvait le
prince de Capoue, frère du roi de Naples, —
altesse disgraciée depuis qu'une mésalliance
a enchaîné sa destinée à celle d'une roman-
tique anglaise, miss Pénélope Smith.

Malheureusement pour le prince de Capoue,
ses goûts n'ont pas changé, quoique son budget
ne soit plus le même. Logé rue de la Paix, à
un quatrième étage, il rêve toujours au palais
de ses pères, et loin de s'accoutumer aux pri-
vations de l'existence bourgeoise, ses souve-
nirs le reportent sans cesse vers un passé dont
la fuite lui est insupportable.

Le prince de Capoue a imaginé quelque
chose d'assez original pour se cacher à lui-
même sa propre position. — Tous les jours, il
quitte le domicile conjugal à midi, et, depuis
ce moment jusqu'à l'heure de son dîner, il se
promène par la ville, entrant dans tous les ma-
gasins où il fait des emplettes à perte de vue.

— Une fois le prix débattu et le marché conclu,
le prince se retire en disant qu'il enverra son
valet de chambre porter l'argent, et prendre
les marchandises. Les marchands attendent et
ne voient jamais rien venir.

Quant au prince, il a la satisfaction de se
dire : « Si je suis un peu gêné, c'est que je me
» ruine en achats de toute sorte. Quand un pays
» vous donne l'hospitalité, on doit bien faire
» quelque chose pour son commerce. »

Mais voici le revers de la médaille :]

Le prince est entré, l'autre jour, par inad-
vertance, chez un marchand qui attend encore
la venue du valet de chambre.— Le marchand
l'a reconnu, l'a injurié, et peu s'en est fallu
que l'altesse n'ait été coucher au violon.

⁎ Les gens de théâtre ont un café spécial,
et les gens de bourse possèdent le trottoir du
Café de Paris. — Le restaurant Broggi est tout
à la fois le trottoir et le café des gens de lettres.

C'est en face de l'Opéra, à la porte du Divan, dans une maison appartenant à Mme Damoreau, la célèbre chanteuse de l'Opéra-Comique, qu'est situé le restaurant Broggi ; — topographie admirable, en vérité ! car il se trouve, de cette façon, placé au centre de ce quartier d'élite où la littérature contemporaine a fait élection de domicile et de cigares.

Broggi est, avec Biffi de la rue de Richelieu, le seul restaurateur italien qui soit à Paris. — Là point de fricandeaux à l'oseille, mais des rognons *triffolatti*. Le classique beefteck y cède la place aux polpetti, aux zuchetti, au risotto, au zabaion, à la pasta frôle, et aux macaronis de toutes couleurs et de toutes longueurs. — On cite un plat de macorini à l'italienne que l'illustre auteur de *Guillaume Tell* ne put achever qu'après trente-sept jours d'une attaque vigoureuse et non interrompue. Ce macaroni — monstre, qu'on lui faisait réchauffer tous les soirs, se composait d'un seul morceau de pâte, enroulé sur lui-même, lequel n'avait pas moins de 379 mètres de long : il fut coté sur la carte au prix de quatre-vingt quatorze francs soixante et dix centimes, que Rossini paya par quelques doubles croches, — accompagnées de beaucoup de soupirs.

On se tromperait grossièrement si l'on supposait que les portes de Broggi s'ouvrent sans distinction devant quiconque est muni d'une pièce de cinq francs contrôlée par la monnaie. — Tout dîneur surnuméraire doit d'abord justifier d'un feuilleton imprimé quelque part, d'une romance gravée ailleurs ou d'un tableau exposé n'importe où. — La dame de comptoir est une femme de lettres, sa survivance est promise à Mme Flora Tristan. — Quant aux garçons de l'établissement, ils subissent, avant d'entrer, un double examen de littérature et de cuisine ; aussi la plupart connaissent-ils à fond leur Virgile et leur Brillat-Savarin, et sont-ils initiés aux beautés d'Homère et de *la Cuisinière Bourgeoise.*

— Giacomo, avez-vous des polpettes ?

— *Infandum, regina, jubes renovare dolorem!* réplique le garçon d'un ton mélancolique, je viens de servir les dernières à M. Berlioz.

— Y a-t-il des places dans la galerie, Arthur?

— *Lasciate ogni speranza!* vous répondil avec le Dante. C'est plein comme un œuf : j'ai renvoyé tout à l'heure M. Louis Lurine.

C'est au restaurant Broggi que se combinent presque tous les engagemens et marchés littéraires. Fondez-vous un journal et désirez-vous recruter une rédaction économique et garantie bon teint! — Rendez-vous chez Broggi à six heures ; là, durant l'intervalle qui sépare votre potage de votre stracchino, vous rencontrerez infailliblement tout ce qu'il vous faut, et même plus : — Ce petit monsieur, d'un blond hasardé, que vous voyez là-bas, redemandant un supplément de pain, vous rédigera vos feuilletons ou vos premiers-Paris, au choix ; — cet autre qui mange délicatement avec ses doigts se chargera des premières, — Paris, ou du feuilleton, toujours au choix. —

Car il est à observer que ces messieurs sont également bons à toute espèce de choses, ce qui explique pourquoi le plus grand nombre n'est, en définitive, bon à rien du tout.

*** Voici un exemple de l'esprit de logique qui préside aux actes du gouvernement français.

Il y a quatre mois, un des fils du roi est allé arracher, en grande pompe, à l'affreux rocher de Sainte-Hélène¹, la dépouille mortelle de l'empereur Napoléon.— Ce fut là une noble conquête, et toute la France applaudit à cette grande et solennelle réparation.

Il y a quelques jours, Joseph Bonaparte, — un frère de ce même Napoléon, — vieillard de soixante-quinze ans, dont tout le corps est en proie à d'horribles douleurs, — Joseph a écrit à un de ses amis, à Paris :

« Je suis aux eaux d'Ems, pour ma santé ; » les médecins me disent que je n'ai de soula-

» gement à attendre que du climat de Nice.
» Mais pour aller à Nice, il me faudrait traver-
» ser une partie de la France, — et la France
» m'est fermée. »

L'ami s'en fut trouver M. Guizot, et lui de-
manda un laisser-passer pour le pauvre malade; M. Guizot répondit que la permission se-
rait accordée, mais qu'il devait d'abord con-
sulter ses collègues du ministère.

L'affaire fut donc portée devant le conseil,—
il y avait huit votans : à l'unanimité des voix,
moins celle de M. Guizot, la permission fut
refusée.

M. Soult, — un homme qui doit tout à l'empereur, gloire, position, fortune,— M. Soult
était au nombre des votans.

*** Ce matin, comme il faisait un temps su-
perbe, notre Cicérone est entré dans notre
chambre de bonne heure, et nous a dit :

— Nous allons, si vous voulez, commencer aujourd'hui à visiter les environs de Paris. — Voici la saison des lilas qui s'avance : partons pour les prés Saint-Gervais, — cette oasis fleurie de la banlieue parisienne.

Immédiatement nous nous sommes levés et nous sommes partis pour les prés Saint-Gervais.

Après deux heures et demie de coucou, — torture dont nous ne nous faisions pas une idée, —nous nous sommes arrêtés dans une basse-cour pavée de canards.

—Oh ! s'est écrié notre cicérone... oh ! la campagne !... nous ne sommes qu'arrivés, et je sens déjà...

—Nous aussi, nous sentons..., avons-nous dit en nous bouchant hermétiquement le nez.

Notre cicérone est sorti le premier du coucou pour nous montrer le chemin ; mais ayant mal calculé ses distances, il a posé le pied dans une mare fétide ; sa jambe a disparu jusqu'au genou.

On l'a entraîné sur la route, et nous avons cherché à nous orienter. — A notre droite, il y avait une auberge ; à gauche, un carré de choux s'étendait à perte de vue. Nos deux autres points cardinaux étaient occupés par une lande inculte où se montraient, de loin en loin, des arbustes rabougris.

En ce moment, une ignoble laveuse de vaisselle s'étant montrée sur le seuil de l'auberge, nous lui avons demandé :

— Les prés Saint-Gervais, mademoiselle ?

— Vous y êtes, messieurs.

— Notre cicérone a failli tomber à la renverse.

— Çà ? les Prés-Saint-Gervais, a-t-il fait avec angoisse.

— Comme vous dites.

— Mais où sont donc les lilas ?

— Ils ne sont pas encore arrivés.

— Vous voulez dire qu'ils n'ont pas encore fleuri ?

— Non, m'sieu, ils ne sont pas encore arrivés de Paris.

— De Paris ?

— Oui, m'sieu, du marché aux fleurs.

Le claquement d'un fouet s'étant fait entendre, nous nous sommes retournés et nous avons aperçu, venant vers nous, plusieurs charrettes, toutes pleines de branches de lilas.

Et le conducteur nous a appris que, tous les matins, la même quantité de fleurs est expédiée de Paris aux prés Saint-Gervais ; — qu'on les greffe sur les arbustes rabougris dont nous

avons déjà parlé ; — et que les commis marchands et les grisettes qui viennent les cueillir
ne se sont pas encore aperçus de la superche-
rie.

.*. La grisette est une fleur indigène qui
ne pousse qu'à Paris. — Ailleurs, dans le reste
de la France, vous rencontrerez l'artisanne,
mais un abîme sépare ces deux natures qui,
pourtant, semblent se confondre au premier
abord. — L'une est raide, gourmée, empesée
comme une pièce de calicot vierge ; — l'autre, la
grisette, rit, chante, folâtre et babille comme
un oiseau sur la branche.

Il n'y a pas de femme au monde qui sache
marcher mieux que la grisette. — Voyez-la
glisser sur le pavé boueux des rues, sans que
la plus mince éclaboussure vienne salir son bas
blanc et bien tiré. Où donc va-t-elle ainsi ? —
Il est encore de si bonne heure ! c'est à peine
si le grand Paris commence à secouer son
sommeil. N'importe ; il fait jour depuis long-
temps pour la grisette. Déjà sa toilette est ache-
vée ; ses cheveux reluisent plus que l'aile d'un

corbeau sous son petit bonnet de gaze, et la voilà qui s'achemine vers son magasin.

Quelques instans encore, — le temps de traverser le Palais-Royal ou la place de la Bourse, et elle va se mettre à l'ouvage. Pauvre fille, dont la robe est tout simplement en toile imprimée, et de qui les doigts agiles vont tailler jusqu'au soir le tulle, la soie et le velours. — C'est là un supplice près duquel celui de Tantale s'efface complètement. Consacrer sa vie et son intelligence à embellir les autres, quand soi-même on est belle; travailler aux parures des grandes dames quand il suffirait d'un mot, d'un signe, pour en avoir de tout aussi éclatantes..... Mais non, la grisette est philosophe. Pourvu que l'amour de son Jules ou de son Edouard lui reste, elle est heureuse : — car la grisette a un cœur qui ne sait point calculer, un cœur qui aime suivant les règles de la passion et non celles de l'arithmétique.

Il est peu d'existences mieux employées que l'existence de la grisette. L'employé, le clerc, l'avoué, tous les gens de bureaux ont leur soirée libre. — Viennent à sonner quatre heures et de toutes parts les plumes s'arrêtent, les pupitres se ferment, les chapeaux se brossent et les parapluies sont extraits de l'étui protecteur. — Hélas! il s'en faut de beaucoup que la grisette soit à ce point favorisée. — Sa journée de travail commence à neuf heures du matin et ne finit qu'à dix heures du soir; et pendant ces treize heures c'est tout au plus si on lui accorde quelques minutes pour ses repas et si elle s'interrompt, de temps à autre, pour soulever un coin du rideau qui dérobe à son regard attristé le tableau bruyant de la rue. — Et pour tout cela, pour tant d'assiduité et de patience, savez-vous comment la grisette est rétribuée? — Vraiment, c'est honteux à dire, mais ce qu'on lui donne est absorbé par le mouron de ses serins et par l'entretien du petit jardin qu'elle cultive sur sa fenêtre.

Cependant, la grisette est heureuse! Il lui suffit d'un seul jour pour oublier son travail et ses ennuis de la semaine; jour bien heureux dont la venue est saluée de cent éclats de rire joyeux et de mille projets dorés; —

jour radieux, jour béni et qui a nom *dimanche*.

Donc, le dimanche, et pour peu qu'un rayon de soleil vienne à scintiller à travers les nuages, la grisette prend sa robe la plus fraîche, son bonnet le plus coquet, ses bottines les mieux faites, et la voilà qui se met à sa fenêtre, attendant avec impatience que dix heures sonnent à Saint-Jacques-du-Haut-Pas. — A l'heure convenue, trois coups sont frappés à la porte, et Jules s'élance, le sourire sur les lèvres et l'espérance dans le cœur.

Jules est étudiant en droit ou en médecine; Jules n'a point de magasin, mais il a une école, des professeurs rébarbatifs et des examens à subir; lui aussi, Jules, travaille la semaine, et les deux amans n'ont que le dimanche pour s'entretenir de leur flamme. — Mais comme ils la mettent à profit, cette journée si vivement désirée de part et d'autre! — Et d'abord fuyons Paris; passons bien vite les barrières. C'est parbleu bien assez d'y rester prisonnier durant six jours! —Où irons-nous? Voici Montmorency avec ses ânes gris et ses cerises rouges; les prés Saint-Gervais et *leurs*

lilas en fleurs ; Saint-Germain et sa forêt ;
Versailles et ses pièces d'eau, et en avant ! et
fouette cocher ! et mène-nous bon train, mon
garçon, car chaque minute qui s'écoule est un
vol fait à notre bonheur.

Il n'y a jamais eu de rois, — y compris les
rois des contes arabes — qui aient été aussi
heureux que l'étudiant et la grisette tant que
dure le dimanche. Promenades à pied, à cheval et à âne ; jeux de bagues, montagnes russes, dîner en cabinet particulier, rien n'y
manque. — Puis le soir, c'est le bal champê-
tre qui les enivre de ses amoureuses ritour-
nelles. On valse, on galope, on s'enlace, et tout
cela jusqu'au départ pour Paris du dernier
omnibus, — ou dernier convoi.

Mais le bonheur n'a qu'un temps. Jules est
reçu avocat ou médecin. Il part pour sa pro-
vince et laisse la grisette en proie à une vraie
douleur de mélodrame. — La pauvre fille gé-
mit, s'arrache les cheveux, se meurtrit la poi-
trine et rêve suicide jusqu'au dimanche suivant où elle fait une autre connaissance. —

Alors commence une série de joies nouvelles, et c'est ainsi qu'elle descend doucement le fleuve de la vie et qu'elle atteint cet âge critique où toute femme, en présence de son premier cheveu gris, murmure, non sans étouffer un soupir :

> Combien je regrette
> Mon bras si dodu ;
> Ma jambe bien faite,
> Et le temps perdu !

.*. Précédemment nous avons défini les lions « des jeunes gens de quarante-six ans,— ornés d'une fleur à la boutonnière. »

Si nous revenons sur notre définition, ce n'est point que nous ne la trouvions très juste, mais nous la trouvons incomplète.

Parlons donc encore une fois des lions, puisque aussi bien c'est à présent l'un des sujets les plus habituels de la conversation parisienne, — la conversation la plus creuse qui soit.

Qu'est-ce que représente un lion ? — Un lion représente une paire de gants jaunes.

Que représente une paire de gants jaunes ?
— Une paire de gants jaunes représente cinquante-cinq sols.

Cinquante-cinq sols ! telle est donc la valeur intrinsèque du lion, réduit à sa plus simple expression.

Les lions prennent leur nourriture dans les salles du café de Paris, de tous les restaurans celui dont la carte est chiffrée aux taux les plus élevés, — ce qui n'a pas peu contribué à leur donner, dans le public, le renom de grands viveurs et de *belles fourchettes*.

Mais ce que le public ignore, c'est qu'il y a deux cartes différentes au café de Paris, — l'une couverte de plats recherchés et de mets impossibles, à l'usage de la foule qui, du reste, n'en use guère ; — l'autre pour les habitués, pour les lions, et celle-là est des plus simples, des plus bourgeoises. Le fricandeau, l'aloyau et le haricot de mouton en sont la base fondamentale.

Donc les lions dépensent une moyenne de quatre francs à leur dîner. — Le plus souvent ils dînent trois ensemble ; parce qu'alors on ne prend que pour deux, — ce qui est une économie notable.

Si nous ne nous occupons des lions qu'à partir de leur dîner, c'est qu'alors seulement ils entrent dans la circulation publique. Toutes les matinées et toutes les après-midi ils les passent dans une profonde obscurité. — On n'est pas même très sûr qu'ils existent avant cinq heures du soir, — moment où ils apparaissent sur le bitume des Italiens, fumant leur premier cigare.

Le fricandeau achevé, les lions prennent, en guise de dessert, un cure-dent qu'ils mâchonnent ostensiblement, pendant un quart d'heure, sur le perron du café de Paris ; — après quoi ils se rendent à l'Opéra. — Presque toujours ils choisissent, pour entrer, l'instant où il se fait, dans la salle, un grand silence. Alors ils ouvrent et ferment la porte de leur loge avec beaucoup de bruit, de façon à ce que

le parterre impatient lève les yeux et dise :
« Ah ! bon... voilà les lions qui arrivent ; en
ont-ils donc bu de ce vin de Champagne ! » —
En fait de vin de Champagne, les lions ne boi-
vent que de l'eau de Seltz. — Ça coûte moins
cher et ça mousse autant.   —

Les lions occupent une loge qu'ils louent en
société ; c'est le système économique du dîner
appliqué au spectacle. Ils se mettent sept ou
huit de la partie, et l'on tire au sort à qui se
placera sur le devant de la loge.

Les lions assistent à toutes les représentations, même à celle du dimanche. — Que ce
soit Duprez ou M. Altairac qui chante, peu
leur importe.— Ils vont aux pirouettes volup-
tueuses de Carlotta Grisi, comme aux maigres
entrechats de Mme Carrez. Ce qui leur faut
avant tout, à eux, c'est un spectacle. —
Guillaume Tell ou *la Fille mal gardée*, tout
leur est bon.

Il n'est guère que Mme Aguado et le chef
claque Auguste qui puissent rivaliser d'assi-

duité avec les lions. — Encore Auguste se fait-
il remplacer quelquefois, ce qui n'arrive jamais à ces messieurs.

Les lions, — en tant qu'abonnés de l'Opéra,
— ont droit à leurs entrées dans les coulisses,
mais seulement pendant les entr'actes.—Aussi
dès que la toile est tombée, on les voit quit-
ter processionnellement leur loge, se diriger
vers la petite porte qui communique de la
salle à la scène et disparaître bientôt dans le
sanctuaire.

Comme ils ont tous dîné très sobrement,
les lions retroussent leurs moustaches, incli-
nent leur chapeau sur l'oreille, débraillent le
jabot de leurs chemises, et se donnent les
allures cavalières d'aimables gentilshommes
pris de vin. — Les dames des chœurs les trou-
vent charmans ; les figurantes déclarent qu'ils
exhument Faublas et qu'ils *enfoncent* Richelieu.

La conversation des lions avec ces dames

n'est guère variée;—mais elle n'est pas spiri‑
tuelle.

— Dis donc, Alice?

— Plaît-il?

— Tu fais de la fausse monnaie, toi?

— *C'te* question ?

— Dieu me pardonne, ton bracelet est con‑
trôlé par la Monnaie ?

— Un peu qu'il l'est.

— Où diable as-tu *fait* ce bijou-là ?

— C'est un cadeau de mon prince russe,
donc ! (C'est inouï ce que la Russie exporte
de princes russes.)

— Il est donc millionnaire, ton prince ?

— Non ; mais il a tant de bonheur au jeu !

— Sais-tu qu'est-ce qui *est avec* Léonie, à cette heure ?

— Eugène ; — mais ça ne durera pas, Eugène lui *fait des traits.*

— On ne voit plus Louise ?

— Je crois bien : le baron de L. vient de la mettre dans ses meubles.

— Bah !

— Oh ! elle est très heureuse ! le baron lui a retiré toutes ses affaires du mont-de-piété.

— Vraiment !

— A preuve qu'il lui a promis six couverts d'argent.

— Soupes-tu avec moi, ce soir ?

—Impossible; je suis attendue chez Guillaume après l'Opéra. — Il y aura *nopces* et
festins.

Mais déjà l'entr'acte est terminé ; le lion s'arrache avec efforts aux charmes de ce tête-à-
tête, et regagne tristement le chemin de sa
loge.

Minuit sonne ; la toile vient de se baisser
pour la dernière fois. — Le lion allume un
cigare dans le passage de l'Opéra ; puis il va
se coucher comme le dernier bourgeois venu.

Et le lendemain il recommence.

Pour mener cette existence pleine de luxe
et de délices, il ne faut pas avoir moins de
quatre mille livres de rentes !

** Plusieurs fois nous avons entendu de-
mander par un public sceptique : « Sous quel
point de vue sont donc bonnes les pièces de
M. Empis. »

Il faut dire d'abord que M. Empis, auteur qui fabrique des comédies et des drames, n'est pas plus heureux dans le drame que dans la comédie.

Ses drames donnent envie de rire.

Ses comédies donnent envie de pleurer.

Le tout ne se donne pas long-temps.

Les œuvres de M. Empis, qui n'ont jamais fait d'argent, participent de la nature des machines pneumatiques : elles opèrent le vide. — Qu'on les affiche, et le théâtre est aussi dénué de spectateurs, que le dialogue de l'auteur est dénué d'esprit.

— Quelle affligeante solitude ! allez-vous dire. Eh bien ! c'est précisément cette solitude qui témoigne en faveur de leur utilité.

C'est une histoire de l'autre jour.

Une indisposition subite de Mlle Rachel avait fait changer le spectacle à la Comédie-Française, et le semainier de service, prévenu à une heure où il ne lui était plus possible de réunir les artistes, s'était vu dans la dure nécessité de faire relâche, — ou d'annoncer *Lord Novart*. — Il s'en tint à cette dernière idée.

Le soir, — au lieu des cinq mille francs sur lesquels on était en droit de compter, les contrôleurs encaissèrent une recette de trente-six francs. — C'était une douzaine de provinciaux qui avaient pris leurs billets, sans se préoccuper du changement de spectacle.

L'un d'eux était placé à la seconde galerie, où il ne tarda pas à se livrer aux douceurs d'un profond sommeil. — Emporté par quelque rêve orageux, le malheureux, qui est probablement somnambule, enjamba la balustrade et tomba sur les banquettes du parterre. —Comme il n'y avait personne, il n'endommagea aucun de ses voisins et ne se fit pas le moindre mal à lui-même.

Comprenez-vous maintenant l'utilité des pièces de M. Empis? — Supposons qu'on eût joué tout autre chose, quelle catastrophe n'aurait-on pas à déplorer aujourd'hui ! — Mais, loin de là, c'est *Lord Novart* qu'on représentait ; la foule était ailleurs, aux lieux où l'on s'amuse, et rien de pareil n'est arrivé.

Voilà sous quel point de vue sont bonnes les pièces de M. Empis.

*** Tout à l'heure, nous avons, en passant, nommé le mont-de-piété.

Le mont-de-piété est un gouffre creusé sous les pieds du pauvre, qui s'élargit incessamment jusqu'à ce que le pauvre s'y abîme et s'y engloutisse.

Un exemple, pris au hasard, prouvera mieux que toutes les phrases quelle institution philantropique c'est que le mont-de-piété ; — nous devons cet exemple à M. ***, très entendu dans la matière.

Vous avez besoin d'argent. — Vous portez votre montre au mont-de-piété, une montre à la Breguet qui vous a coûté quatre cents francs.

Le mont-de-piété l'examine gravement et l'estime cent-cinquante, sur quoi il vous prête cent francs.

— Cela me coûtera-t-il bien cher? demandez-vous.

— Oh! mon Dieu! presque rien; — neuf pour cent d'intérêt.

Vous calculez qu'au bout d'un mois vous pourrez rendre la somme et que, dès-lors, vous en serez quitte pour quelques décimes.

En effet, le mois suivant vous êtes en fonds, et vous allez fièrement porter vos cent francs au mont-de-piété.

— Je dois un mois d'intérêt, dites-vous, à 9 0|0, c'est 75 centimes. — Voici.

—Pardon, monsieur, vous réplique le mont-
de-piété : tout mois commencé compte pour
un mois ; or, vous avez pris le 10 janvier et
vous rendez le 10 février : vous devez donc
janvier et février, ci. . . . . 1 fr. 50

— Ah !... voici 1 fr. 50 c.

— Pardon, monsieur, vous avez le
droit de prisée, ci.   50

— Ah !... voici.

— Pardon, monsieur, vous avez le
droit d'engagement, qui est de 2 0 0,
ci. 2

— Ah !... voici.

— Pardon, monsieur, vous avez le
droit de dégagement qui est de 1 0 0,
ci 1
— Ah !... est-ce tout ?
— Oui. — Total. . . . . 5 fr.

Ainsi pour cent francs qu'il vous a prêtés pour un mois, sur gage, et par conséquent sans aucun danger, le mont-de-piété vous prend la modeste somme de cinq francs.

C'est tout simplement prêter à soixante pour cent.

O philantropique institution !

*_** Tous les ans, à époque fixe, les membres du jockei's club éprouvent un violent désir de se casser une jambe et de se rompre un bras.

C'est pourquoi ils organisent un steeple-chase à la Croix de Berny.

Le steeple-chase, — prononcez course au clocher, — est une agréable plaisanterie qui consiste à franchir à cheval un mur, deux murs, trois murs ; — une rivière, deux rivières, trois rivières ; — un fossé, dix fossés cent fossés.

18

Le vainqueur de la lutte est couronné. — Inutile d'ajouter que tous les chevaux qui y ont pris part sont comme le vainqueur.

En Angleterre, les amateurs de steeple-chase ont reçu le nom de *gentlemen riders*.

En France, on les appelle des *gentilshommes ridés*, — ce qui leur convient mieux, à cause de leur âge.

Le dernier steeple-chase avait attiré *tout Paris* à la Croix de Berny. Tout Paris était bien aise de savoir par lui-même le chiffre des morts et des blessés.

Il y avait quatre chevaux engagés.

Les deux premiers ne sont pas arrivés ;

Les deux autres sont restés en chemin ;

La lutte a été des plus intéressantes.

L'importation en France des courses au clocher, — écrivez steeple-chase, — a eu un grand résultat.

Elle a modifié la physionomie d'un proverbe. Autrefois on disait :

Au bout du fossé,— la culbute.

A présent, on dit :

Au bout du fossé, — un gentilhomme ridé.

Encore s'ils pouvaient tous y tomber ! — et ne jamais en sortir.

*** Les demoiselles Coquillard honoraient le steeple-chase de leur présence.

M. de Cambise, — qui venait d'offrir des marrons glacés au duc de Nemours, — en a offert ensuite à Mlle Albertine Coquillard.

Celle-ci a repoussé l'offre de M. de Cambise avec beaucoup de noblesse, en lui disant ces paroles mémorables :

— Ignorez-vous donc , monsieur, que les *princesses* doivent être servies avant les princes ?

*** On nous avait fait un grand étalage de *la solennité* de Longchamps.

—Allez à Longchamps, nous avait-on dit ; c'est là que règne, dans toute sa splendeur, la mode parisienne. — Là se donnent rendez-vous les plus jolies femmes et les plus charmans chevaux. Là seulement vous rencontrerez la fleur des pois de l'aristocratie moderne.

Or, nous sommes allés à Longchamps ; —et voici les impressions que nous en avons rapportées, — toutes fraîches , nous pouvons le dire, car nous avons été trempés jusqu'aux os.

La solennité de Longchamps dure trois jours.

Le premier jour, il a plu.

Il a plu , le second jour.

Le troisième jour a beaucoup ressemblé aux deux premiers.

Il n'y avait qu'un petit nombre d'équipages à Longchamps. — Ces équipages, plus connus sous le nom de fiacres, cabriolets et citadines, nous ont semblé être incommodes , — mais disgracieux.

Cette année ,— s'il faut s'en rapporter aux modes de Longchamps, les hommes porteront des habits , des gilets, des redingotes et des pantalons. Ils se chausseront avec des bottes et se coifferont avec des chapeaux.

—Un monsieur, — fleur des pois, — sans doute, — s'est montré avec un habit boutonnant par derrière. — Cette innovation qui a été jugée hardie, ne nous semble pas appelée à un brillant succès.

En revanche, une autre invention ne tardera pas à devenir populaire. — C'est celle du parapluie.

Les personnes qui n'avaient pas de voitures s'abritaient généralement sous un petit dôme en taffetas, soutenu par une douzaine de baleines circulaires, — attachées à une longue canne.

On ne saurait imaginer à quel point cet appareil est simple et ingénieux ; — et comme en définitive, c'est un véritable préservatif contre la pluie, on l'a appelé parapluie.

Toutefois, si nous avons un conseil à donner à nos lecteurs, c'est de ne point se déranger à l'avenir pour les solennités de Longchamps.

Le seul Longchamps dont les arrêts soient écoutés dans le monde fashionable, c'est le journal *la Sylphide;* et ce Longchamps-là, vous le trouverez chez vous, au coin de votre feu, sous la formule d'articles de modes qui se lisent avec intérêt, — un grand éloge pour des articles de modes.

☞ .*. Depuis un mois, le Musée est ouvert à la foule.— Nous avons fait comme la foule, et nous avons visité le Musée.

A ce qu'il nous a semblé, les peintres français se divisent en deux écoles.

L'une de ces écoles sacrifie tout à la couleur ; — l'autre sacrifie tout au dessin.

La première peint trop et ne dessine pas assez ; — la seconde dessine trop et ne peint pas du tout.

Ceux-ci peignent leurs tableaux avec un balai barbouillé de bleu et de rouge ; — ceux-là se servent d'une pointe d'aiguille trempée dans un peu de blanc d'Espagne délayé.

M. Delacroix et M. Ingres sont les chefs de ces deux écoles. — Ils font des élèves, les-

quels, — comme cela arrive de tout temps,
— n'ont point les qualités de leurs maîtres
et exagèrent leurs défauts.

*** Nous avons fait une remarque singu-
lière.

Les tableaux les plus distingués qui soient,
cette année, à l'exposition de peinture fran-
çaise, sont dus à MM. Calame et Diday, de
Genève ; — à MM. Wyld et Wiékemberg, deux
Allemands, — et à M. Verboeckhoven, de
Bruxelles.

FIN.

TABLE

DES

MATIÈRES CONTENUES DANS LE PREMIER VOLUME.

DEUXIÈME LIVRAISON.

15 mars.

Où l'on prouve qu'il vaut mieux rencontrer des voleurs que des gendarmes. — Le Conservatoire royal de musique. — Côté des hommes , — côté des femmes.— M. Chérubini.— M. Habeneck. — La propriété littéraire et la pêche des morues. — Château chinon et M. Pelletier. — Dulac. — Dire F. et passer outre. — M. de La Salle, officier d'ordonnance. — Son bal improvisé.— M. de Rambuteau. — M. Durand et le *Veau qui tête.* — Le procès du *National.* — Les Pairs de France calomniés. — Les grandes coquettes du Luxembourg. — *Le diable amoureux et le diable boiteux.* — Une favorite. — Une femme d'Opéra en 1841. — Tous les Juifs vendent des lorgnettes. — Mlle. Rachel mineure à perpétuité. — Le bois de Boulogne.— Paris fortifié. — Ce que coûte-le vote du général C. — Deux filles vaccinées à marier. — M. de Foy.— Madame de Saint Marc. — L'argot. — Histoire de Lebidois, surnommé Polyphême. Les frères Cognard.—M. Harel.—Les

284

deux Trinquart. — La légende du pont des Arts. —Une ordonnance de M. Soult.—M. Mennechet. — Les cabinets de lecture.—Le carême. —La saison des concerts.— La salle de M. Herz. —Les dents de Louise. — La mémoire de l'estomac. — L'art d'aimer. —M. Mulot.—L'intérieur du puits de Grenelle.

TROISIÈME LIVRAISON.

15 avril.

Un notaire antique. — Les bénéfices de la faillite.
— Les victimes fantastiques de maître Lehon.
—Le curé de N.-D.-de-Lorette. — Tendances
superstitieuses. — Les enfans voués au blanc,
sale. — Définition d'un commissaire royal.—
Où l'on maltraite le traitement de M. Buloz.—
M. Cousin sur les quais. — Un mot de madame
Stoltz.—Histoire de M. Théleur. — Un attelage
de tigres. — Un souper à cent trente cinq francs
par tête. — Louis-Philippe à la salle Chante-
rine. — La *Revue de Paris* J. M. — Inchindi.
— Les Égéries.—M. Paul Foucher. — La bran-
che des Valois. — La chambre des Pairs.—
Feu Paris.—La propriété littéraire.—Mᵉ Chaix-
d'Est-Anges. — M. Thiers. — Instruction pour
avoir des enfans sains de corps et d'esprit. —
M. Cheneau père et M. Cheneau fils. — Le
docteur Wieseché. — Le docteur Chonippe.—
—Les bougies-beeftecks. — Les chippeurs. —
M. Baudens. — Les courtiers en strabisme.—
M. Ancelot.—M. Bayard. — Le de M. Duprez.
— Le bal de M. Troyon. — La soirée de M.

avoué. — Les cartes de visites de M. Mollevaut, membre de l'Institut. — Le restanrant Broggi. — Joseph Bonaparte. — M. Guizot. — M. Soult. — Les lilas des Prés Saint-Gervais. — Les grisettes. — Les lions au café de Paris. — Les lions l'Opéra. — Le Mont-de-Piété. — Soixante pour cent d'intérêt. — Sous quel point de vue sont bonnes les pièces de M. Empis. — La Croix de Berny. — Les gentils hommes ridés. — de M. Cambise. — Mademoiselle Coquillard. — La solennité de Longc hamps. — On invente les parapluies. — L'exposition de peinture.

www.ingramcontent.com/pod-product-compliance
Lightning Source LLC
Chambersburg PA
CBHW071119260626
47162CB00006B/2396